Rendez-vous sur lepetitlitteraire.fr et découvrez :

Plus de 1200 analyses
Claires et synthétiques
Téléchargeables en 30 secondes
À imprimer chez soi

Analyse de l'œuvre

Par Luke Allerton-Hilton

Les androïdes rêvent-ils de moutons électriques ?

Philip K. Dick

lePetitLittéraire.fr

Analyse de l'œuvre

Par Luke Allerton-Hilton

Les androïdes rêvent-ils de moutons électriques ?

Philip K. Dick

PHILIP K. DICK

ÉCRIVAIN AMÉRICAIN

- **Né à Chicago, Illinois (USA) en 1928.**
- **Décédé à Santa Ana, Californie (USA) en 1982.**
- **Travaux notables :**
  - *L'Homme au Haut Château* (1962), roman
  - *A Scanner Darkly* (1977), roman
  - *Coulez mes larmes, dit le policier* (1974), roman

Philip K. Dick est un écrivain américain qui a commencé à publier des nouvelles au début des années 1950. Bien que ses premiers efforts aient reçu peu d'attention, ses romans ont commencé à être acclamés dans les années 1960, et *The Man in the High Castle a* reçu un prix Hugo en 1962. Il travaille principalement dans le domaine de la science-fiction et connaît un grand succès auprès du grand public, malgré la nature complexe et philosophique de ses sujets. Dick a été un écrivain prolifique, publiant 44 romans et environ 120 nouvelles avant sa mort à l'âge de 53 ans. Son œuvre est l'une des plus influentes jamais publiées dans le genre de la science-fiction et a donné lieu à de nombreuses adaptations cinématographiques, dont *Total Recall* (1990), *Minority Report* (2002), *A Scanner Darkly* (2006) et, plus célèbre encore, *Blade Runner* (1982), qui est sorti quelques semaines seulement après la mort prématurée de Dick.

LES ANDROÏDES RÊVENT-ILS DE MOUTONS ÉLECTRIQUES ?

LE ROMAN QUI A INSPIRÉ *BLADE RUNNER*

- **Genre :** roman de science-fiction
- **Édition de référence :** Dick, P. (2007) *Les androïdes rêvent-ils de moutons électriques ?* Londres : Gollancz.
- **1ère edition :** 1968
- **Thèmes :** humanité, empathie, technologie, environnement, guerre

Les androïdes rêvent-ils de moutons électriques ? est sans doute le roman le plus célèbre de Philip K. Dick, en grande partie parce qu'il est à l'origine du film à succès *Blade Runner* avec Harrison Ford. Le roman lui-même est une exploration subtile et nuancée des principaux sujets de discussion de la fin des années 1960, une époque où la guerre et la technologie étaient au premier plan de la conscience publique. Il suit Rick Deckard, un chasseur de primes vivant dans une version dystopique de San Francisco et travaillant pour la police, qui traque et met à la retraite des robots humanoïdes appelés androïdes.

Le roman examine patiemment le concept d'humanité, et un problème central du roman est la difficulté pour Rick de tuer les androïdes en raison de leur apparence humaine. Il aborde également des situations hypothétiques autour de la technologie et des retombées de la guerre. Ces deux thèmes étaient pertinents à l'époque où le livre a été écrit, au plus fort de la guerre froide, mais ils sont tout aussi poignants aujourd'hui face aux crises environnementales et à l'influence toujours plus grande de la technologie sur nos vies.

RÉSUMÉ

CES PAUVRES ANDOUILLES

Rick Deckard et sa femme Iran se réveillent dans leur appartement, un jour comme les autres, dans le monde gris et irradié de San Francisco postapocalyptique de 1992. Ils commencent leur journée en se disputant sur l'humeur à donner en Iran à l'aide de leur orgue d'humeur Penfield, un appareil qui leur permet de se sentir d'une certaine façon simplement en tournant un cadran. Iran refuse de devenir artificiellement heureuse et s'en prend à Rick : elle l'accuse d'être un tueur à gages dans son travail de chasseur de primes chargé de mettre les androïdes à la retraite. Il y a six androïdes sur sa liste lorsqu'il se rend au travail ce jour-là, une blessure de son collègue signifiant qu'il est devenu le chasseur de primes en chef. Les six androïdes sur sa liste sont une nouvelle conception hautement intelligente appelée Nexus-6, dont l'un a déjà hospitalisé un chasseur de primes qui tentait de le mettre à la retraite.

La vie familiale de Rick reflète la majorité des habitants de San Francisco. Il regarde Buster Friendly, une personnalité de la télévision qui passe à l'antenne 24 heures sur 24, 7 jours sur 7, tandis que sa femme pratique le mercerisme, une religion qui met l'accent sur l'empathie, la rendant interdite aux androïdes qui sont censés ne pas pouvoir ressentir cette émotion des plus humaines. Il s'occupe de son mouton, qui vit sur le toit, les animaux étant si rares et souvent disparus que posséder un animal est devenu un symbole du statut social ainsi qu'un devoir moral. Rick discute avec son voisin de l'autre côté cu toit, qui possède un cheval. Rick finira par se confier à ce voisin, révélant que son mouton est en fait une contrefaçon électrique, moins chère.

LE TEST DE VOIGT-KAMPFF

Rick s'envole vers le siège de l'Association Rosen pour vérifier que le test de détection des androïdes utilisé par les chasseurs de primes peut être efficace sur les nouveaux modèles Nexus-6 très perfectionnés. En faisant passer le test à Rachael Rosen, il découvre qu'elle est un androïde, bien qu'elle se croie humaine. Sachant que le test fonctionne, il retourne à San Francisco, où il est rejoint par un officier soviétique pour traquer les androïdes. Le policier soviétique est découvert comme étant un androïde sur sa liste et Rick le met à la retraite, gagnant une prime dans le processus. Il s'envole ensuite vers sa prochaine cible, un androïde du nom de Luba Luft, qui tente de se faire passer pour un humain en se faisant passer pour une chanteuse d'opéra. Pendant que Rick teste Luba, elle appelle la police, l'accusant de se faire passer pour un policier. Un agent de police emmène Rick dans un poste de police différent et inconnu, quelque part à San Francisco, doté de ses propres agents et chasseurs de primes. Le chef de police de ce commissariat alternatif accuse Rick d'être un androïde avec des souvenirs implantés, alors que la liste de Rick porte le nom du chef. Rick rencontre alors Phil Resch, un chasseur de primes de ce département alternatif, et le chef révèle à Rick qu'il est un androïde, comme tout le monde dans le bâtiment. Resch revient et tue le chef, croyant être le seul humain de la station. Bien que Rick croie que Resch est un androïde, il lui permet de l'accompagner pendant qu'il met Luba Luft à la retraite.

Une fois le chanteur retiré, Rick teste Resch et découvre qu'il est humain après tout. Rick est confus, car Resch semblait si froid et impitoyable dans sa mise à la retraite du chanteur d'opéra que son comportement était bien plus proche de celui d'un androïde que de celui d'un humain. Rick se teste lui-même et découvre qu'il ressent de l'empathie pour les androïdes. Rick achète alors une chèvre pour lui et sa femme avec sa prime, un cadeau qui rend sa femme extrêmement heureuse malgré le coût et sans l'aide de l'organe d'humeur Penfield. Bien que Rick soit fatigué, son patron lui téléphone pour lui dire qu'il y a encore trois androïdes sur sa liste et que leur emplacement a été découvert.

TÊTES DE POULE

Pendant ce temps, John Isidore parvient à conserver un emploi de chauffeur pour la société d'animales électroniques, malgré son faible QI de « chickenhead », un homme dont l'esprit a été ravagé par les radiations. Il vit seul dans un immeuble de banlieue qui est lentement envahi par le kipple (désordre qui augmente de façon exponentielle). Malgré ses déficiences, c'est un homme très gentil, dévoué au mercerisme et qui éprouve de l'empathie même pour les araignées. Il entend un bruit dans un autre appartement qu'il croyait vide. En inspectant, il trouve ris, une femme vivante seule qui semble avoir peur de tout, bien qu'elle finisse par lui permettre de passer un peu de temps avec elle. Manquant de confiance en lui et bégayant toujours, il a l'occasion de faire ses preuves lorsque Pris reçoit la visite d'amis. Tous trois révèlent qu'ils sont recherchés par les autorités et qu'ils ont besoin de protection. Isidore finit par se rendre compte qu'il s'agit d'androïdes, mais comme il fait preuve d'une grande empathie, il s'engage à les aider malgré tout. Les androïdes qui restent avec Isidore sont les trois derniers de la liste de Rick. Ils tendent des pièges et élaborent des plans pour le moment où le chasseur de primes viendra les chercher. Ils traitent mal Isidore et torturent une araignée qu'il a trouvée, mais son dévouement reste inébranlable, même lorsqu'ils se réjouissent de l'émission de Buster Friendly déclarant que le mercerisme est un canular.

L'ÉPREUVE DE FORCE ET LE CRAPAUD

Rick demande à l'androïde Rachael Rosen de l'aider à retrouver les trois derniers modèles de Nexus-6, et elle accepte. Ils se rencontrent dans un hôtel et couchent ensemble (bien qu'il soit illégal pour les humains et les androïdes d'avoir des relations sexuelles), et ils se plaignent que Rachael ne vive que quelques années car ils sont amoureux l'un de l'autre. Plus tard, Rachael dit à Rick qu'elle n'a couché avec lui que pour l'empêcher de retirer les androïdes et que c'était une tactique qu'elle avait souvent utilisée avec d'autres chasseurs de primes. Il ne la tue pas, ce qui, selon elle, prouve que sa technique a fonctionné. Il la quitte et se lance à la poursuite des trois derniers androïdes.

À l'extérieur du bâtiment, Isidore dit à Rick que la mise-hors service des androïdes est une erreur, mais une fois à l'intérieur, Rick ressent la présence de Mercer, qui lui indique la voie du succès. Il met les androïdes à la retraite sans trop de problèmes, même si Isidore ne l'aide pas. Il a accompli un exploit qu'aucun chasseur de primes n'avait jamais réussi auparavant : mettre à la retraite six androïdes parmi les plus avancés en un jour. Il rentre chez lui et retrouve l'Iran, qui est dévasté et lui révèle qu'un androïde correspondant à la description de Rachael Rosen est venu pendant son absence et a jeté leur précieuse chèvre du toit. Épuisé et désemparé, Rick part dans le désert pour se soustraire au stress de sa vie. Il grimpe une colline et est frappé par des rochers. Il réfléchit au fait que cette expérience est similaire à celle que l'on vit lorsqu'on est connecté à Mercer. Sa journée prend une autre tournure dramatique lorsqu'il trouve un crapaud parmi les rochers. Ce crapaud, que l'on croyait disparu, pourrait lui rapporter, ainsi qu'à sa femme, des richesses incalculables. Il se précipite chez lui et montre le crapaud à sa femme, mais celle-ci découvre immédiatement qu'il s'agit d'un robot et que le rêve de Rick de posséder un animal disparu ne s'est pas réalisé. Bien que découragé, il parvient à peine à rester éveillé. Pendant son sommeil, Iran appelle le magasin d'animaux électroniques pour se renseigner sur les mouches électroniques que le crapaud pourrait manger.

ÉTUDE DE CARACTÈRE

RICK DECKARD

Rick Deckard est le personnage principal du film *Les androïdes rêvent-ils de moutons électriques?* Il travaille comme chasseur de primes dans la police de San Francisco et est marié à Iran Deckard. C'est à travers Rick que Dick explore les thèmes majeurs du roman, tels que l'humanité et la technologie. La prise de conscience progressive par Rick de son empathie avec les androïdes qu'il est censé mettre à la retraite et sa dépendance à l'égard de certaines technologies constituent l'un des conflits centraux du roman. Malgré ses préoccupations plus philosophiques concernant l'empathie, Rick continue de faire confiance à des technologies telles que l'orgue d'ambiance Penfield lorsqu'il dit à sa femme : « "Composez 888" [...] le désir de regarder la télévision, peu importe ce qu'il y a dessus » (p. 4). Ses contradictions et ses confusions quant à la marche à suivre le placent dans un rôle de « tout le monde » dans le roman, par rapport aux autres personnages masculins créés par Dick.

L'une des principales motivations de Rick pour son travail de chasseur de primes est son désir de posséder des animaux. Lorsqu'il révèle à son voisin, dans les premières pages, que son mouton est une réplique électronique, il lui dit : « Je *veux* avoir un animal ; j'essaie toujours d'en acheter un. Mais avec mon salaire, avec ce que gagne un employé municipal... » (p. 10). La possession du faux animal est une source de grande honte et d'anxiété, et Rick trouve continuellement une excuse pour consulter son « guide de Sidney » afin de connaître la valeur de tout animal qu'il rencontre. Ses deux plus grands moments de joie dans le roman sont l'achat d'une chèvre noire de Nubie avec l'argent de sa prime et, plus tard, la découverte de ce qu'il croit être un crapaud vivant. Cependant, Dick laisse planer une ambiguïté sur les raisons qui poussent Rick à posséder ces animaux. Il est tentant de supposer qu'il n'est intéressé que par le statut que confère la possession d'un animal rare, mais nous lisons qu'il est « accablé » et que « son visage s'est décomposé par degrés » (p. 211) lorsqu'il découvre que le crapaud est un faux animal. Tout comme Rick a appris à éprouver de l'empathie pour les androïdes et à les voir au-delà de leur fonction mécanique, il semble hésiter à savoir si les animaux valent la peine d'être possédés uniquement pour leur statut ou en tant que créatures à part entière. Si c'était uniquement pour le statut, alors le faux animal lui apporterait le même statut qu'un vrai animal.

JOHN ISIDORE

John Isidore est une tête de poulet ou un « spécial », un terme donné aux humains restés sur Terre avec un QI faible induit par les radiations, qui ne sont pas légalement autorisés à émigrer sur Mars avec les gens « normaux ». Cependant, c'est un homme fier malgré ses défauts, et il occupe un emploi à l'hôpital pour animaux Van Ness, où il conduit le véhicule pour le transport des faux animaux. Il est un fan de Buster Friendly, qu'il fait passer presque constamment à la télévision, et un fervent partisan du mercerisme. Isidore est le personnage le plus ouvertement empathique du roman. Il vit dans un « immeuble géant, vide et délabré » (p. 12) qui était bien entretenu avant la guerre et qui reflète son état mental. Isolé et seul, Isidore se retire dans le mercerisme pour se sentir en lien avec les autres personnes qui le considèrent comme moins qu'humain.

Moghadam et Porugiv écrivent que « le mercerisme crée un espace virtuel (un fantasme) qui donne les coordonnées du désir du participant d'être reconnu par un autre dans une existence autrement vide et solitaire « (Moghadam & Porugiv, 2018 : 13). Cette solitude est soulagée, puis mise à profit, lorsque Pris et les autres androïdes fugitifs viennent séjourner chez lui. Isidore les considère comme des humains même s'ils le traitent comme la poule mouillée que la société dit qu'il est. Bien que les androïdes torturent une araignée qu'il trouve, Isidore ne les trahit pas auprès de Rick Deckard lorsque celui-ci arrive à leur recherche. La caractérisation d'Isidore par Dick est moins simpliste que le nom de « chickenhead » ne le suggère. Il est le personnage du roman qui est considéré comme un sous-homme -et qui, pourtant, fait preuve des caractéristiques humaines les plus célèbres, à savoir sa gentillesse, sa générosité et son empathie.

RACHAEL ROSEN (ET AUTRES ANDROÏDES)

Rachael Rosen est le premier androïde que nous rencontrons. Au départ, elle est présentée comme une employée de la fondation Rosen mais finalement, à la suite du test de Voigt-Kampff, on découvre qu'elle est un androïde.

C'est la première fois que Dick fait savoir au lecteur que les androïdes peuvent parfois croire qu'ils sont humains grâce à l'implantation de faux souvenirs. Pour cette raison, il devient impossible de prédire quels personnages du roman sont des androïdes et lesquels ne le sont pas. Rachael couche ensuite avec Rick et lui révèle qu'elle a des sentiments pour lui : « "Je t'aime", dit Rachael. Si j'entrais dans une pièce et que je trouvais un canapé couvert de ta peau, j'obtiendrais un score très élevé au test de Voight-Kampff ». (P. 169). Bien qu'elle mente à Rick pour le dissuader de tuer les autres androïdes, elle fait preuve d'une capacité de manipulation étonnamment humaine, ainsi que d'une bonne compréhension de ce que soit l'empathie. Rachael et les autres androïdes, Pris, Irmgard et Roy, font toutes preuves de la froideur typique des androïdes, mais sont par ailleurs distincts et faciles à différencier les uns des autres. Malgré les similitudes physiques entre Rachael et Pris (qui sont toutes deux basées sur le même modèle), on nous dit qu'elles ne sont « pas les mêmes » (*ibid.*). La différenciation des personnages androïdes est l'un des principaux moyens par lesquels Dick explore le thème de l'humanité dans le roman.

PHIL RESCH

Phil Resch est le personnage le plus froid du roman. Rick est sûr que Resch est un androïde mais, à sa grande surprise, il passe le test de Voight-Kampff. Il est révélé qu'il a également couché avec Rachael Rosen, mais ses techniques ne l'ont pas empêché de mettre à la retraite d'autres androïdes. Elle le décrit même comme « un homme très cynique » (p. 172), ce qui suggère qu'il est plus froid et sans émotion que même un androïde. Pour cette raison, il est capable d'opérer au sein du service de police alternatif des androïdes, où il rencontre Rick sans être repéré. Il ne voit rien d'anormal chez les androïdes qui travaillent dans le bâtiment, et ils ne remarquent pas qu'il n'est pas comme les autres humains.

ANALYSE

HUMANITÉ

« Au cours de sa chasse de 24 heures, Deckard en vient à remettre en question la moralité de son travail en faisant preuve d'un scepticisme philosophique quant à « ce qui est vraiment humain » « (Moghadam & Porugiv, 2018 : 12). Tout au long du Roman, Dick présente au lecteur des choix moraux et éthiques sur ce qui constitue un humain. Le lecteur sait que les androïdes peuvent avoir de faux souvenirs, donc les personnages se croyant humains ne sont pas suffisants. Plus tard dans le roman, lorsque le mercerisme est démystifié, l'empathie s'avère également être un guide inefficace pour distinguer les humains des androïdes. Ce conflit se reflète dans la propriété des animaux pour les humains : leurs répliques électroniques passent facilement pour de vrais animaux, et pourtant elles ne les remplissent pas de la même fierté et du même bonheur que le feraient leurs homologues en chair et en os. À aucun moment, personne dans le roman n'est capable d'expliquer pourquoi un androïde ne devrait pas être considéré comme un humain.

Les androïdes avancés du Nexus-6 – le type chassé par Rick – ont besoin d'un ensemble de critères empathiques en constante évolution pour les mesurer et garantir leur statut de non humains. Rappelant le test de Turing (utilisé pour tester l'intelligence artificielle), le test du roman semble avoir été modifié chaque fois que des androïdes ont été capables de le réussir. Le test devient fixe afin de s'assurer qu'aucun androïde ne puisse le réussir et que les androïdes ne soient jamais en mesure d'atteindre le statut d'égaux auquel ils estiment avoir droit. Le lecteur est invité à s'interroger sur cette contradiction, puisqu'on nous dit que « le serviteur était dans certains cas devenu plus adroit que le maître » (p. 26).

Tony Vinci écrit que la culture du roman est « fondée sur des valeurs anthropocentriques construites de manière à rabaisser et à déresponsabiliser les autres humains et non humains « (Vinci, 2014 : 93). Les humains biologiques du roman ne détiennent pas *tout* le pouvoir, puisque certains d'entre eux ont été relégués au rang de têtes de poulet ou de spéciaux. En fait, seuls les humains qui sont assez intelligents et capables de créer et de faire respecter les règles ont droit au statut et aux avantages d'être des humains à part entière. De cette façon, le roman offre une lecture intéressante sur la nature de l'humanité, mais aussi sur la nature de la société. Cette question était particulièrement pertinente dans les années 1960, avec le mouvement des droits civiques, mais c'est aussi une -façon stimulante d'examiner la manière dont le pouvoir est construit dans la société actuelle.

Dans une tentative de démontrer la différence entre les androïdes et les humains, Rick explique à Luba Luft comment fonctionne le test Voight-Kampff et, ce faisant, démontre l'hypocrisie et le manque de logique du processus de test :

> « "Un androïde, a-t-il dit, ne se soucie pas de ce qui arrive à un autre androïde. C'est l'une des indications que nous recherchons.
>
> « Alors, » dit Mlle Luft, « vous devez être un androïde.
>
> Cela l'a arrêté ; il l'a regardée fixement. » (p. 88)

Dick semble suggérer que le seul critère réel pour faire partie de l'humanité dans le roman est de faire partie du groupe qui détient le pouvoir. Bien que Rick trouve plus tard de l'empathie pour les androïdes, il est représentatif d'une population humaine plus large qui les considère comme une menace et les craint.

EMPATHIE

L'idée d'empathie est utilisée tout au long du Roman comme le moyen par lequel les humains sont capables de se distinguer des androïdes. Elle est à la base du test de Voight-Kampff et du mercerisme, deux méthodes utilisées par la population humaine pour exclure et ostraciser les androïdes. Cependant, le personnage le moins empathique du roman est Phil Resch, qui ne ressent aucune empathie envers les androïdes et qui demande à Rick s'il peut « l'expliquer comme faisant partie de la race humaine » (p. 122). L'incapacité de Resch à ressentir de l'empathie ne l'empêche pas d'être considéré comme un humain, alors que c'est le cas pour les androïdes. L'utilisation de l'empathie dans le roman semble être une représentation métaphorique de la manière dont les critères aléatoires peuvent être utilisés et justifiés à des fins discriminatoires. Nous voyons que les androïdes ne font peut-être que simuler l'empathie, mais que ses effets sont bien réels, et pourtant, les avantages d'être des créatures empathiques ne leur sont pas accordés. Rachael Rosen remarque : « Quand j'ai vu cette expression sur ton visage, ce chagrin. Je cherche cela » (p. 173). Bien que sa capacité soit utilisée à des fins de manipulation, les actions qu'elle a menées équivalant à une empathie suffisante avec Rick pour savoir ce qu'il ressent.

De même, les androïdes du roman font preuve à plusieurs reprises d'un comportement empathique semblable à celui des humains, ce qui contredit la justification de leurs meurtres de masse. Rachael Rosen met sa vie en danger à plusieurs reprises avec des chasseurs de primes afin de les empêcher de tuer des androïdes, ce qui contredit les suggestions selon lesquelles les androïdes ne se soucient pas des autres androïdes. De même, Pris, Irmgard et Roy, bien qu'étant un groupe non conventionnel, se sont regroupés afin de rester en sécurité. Ils choisissent même de *ne pas* tuer Isidore, mais de lui permettre de rester en vie pour les aider. S'ils n'étaient que des personnages égoïstes, ils ne lui auraient pas permis de vivre. On pourrait dire que Rick fait preuve de moins d'empathie que les androïdes, qui souvent « abandonnent » (p. 174) lorsqu'ils sont en danger, dans la mesure où il met à la retraite trois androïdes bien qu'il sache jusqu'où ils sont allés pour être en sécurité. À plus grande échelle, Dick présente une race humaine qui a créé des androïdes émotionnels mais ne leur a pas permis d'obtenir légalement leurs rêves de liberté. Vinci soutient que « les humains de Dick sont devenus ce qu'ils craignent et méprisent le plus : des « androïdes » incapables de ressentir pour où avec les autres « (Vinci, 2014 : 93).

Le personnage le plus empathique, et donc le plus « humain », du roman est John Isidore, qui, comme les androïdes, est mal traité par la société. Lorsqu'on lui demande de l'aide pour retirer les androïdes qui se cachent dans son immeuble, Isidore répond à Rick : « Si tu les tues, tu ne pourras plus fusionner avec Mercer » (p. 191). Bien qu'on lui ait dit que le mercerisme est un canular et qu'il ait été maltraité par les androïdes, il ne les abandonne pas. Son seul souci est de se sentir relié aux autres par le processus du mercerisme : ressentir ce que les autres ressentent, même s'il s'agit d'androïdes, et ne prêter aucune attention aux jeux humains de pouvoir ou de statut.

TECHNOLOGIE

Comme l'empathie, la technologie joue un rôle important dans *Les androïdes rêvent-ils de moutons électriques ? dans la* mesure où elle pose des questions sur ce qui constitue l'humanité. Dès les premières pages, on nous montre comment l'orgue d'humeur Penfield fonctionne pour Rick et Iran. Il s'agit d'une machine dotée de cadrans qui permet à l'utilisateur de se sentir d'une certaine façon, préprogrammée. Les personnages programment leurs humeurs en fonction des jours, Rick programmant une « attitude professionnelle et professionnelle » et Iran programmant « une dépression auto-accusatrice de six heures » (p. 2). Dick montre au lecteur que les personnages humains sont capables de contrôler leurs humeurs d'une manière qui conviendrait mieux à un androïde, mais on ne nous parle jamais de la technologie similaire que possèdent les androïdes. À cet égard, la technologie s'immisce dans la question centrale du roman, ne positionnant ni les humains ni les androïdes comme authentiquement humains dans cette vision du futur. Cela met une fois de plus en évidence les contradictions de l'emphase humaine sur l'empathie : puisque l'humeur et l'émotion peuvent être controlées par la technologie électronique, qu'est-ce qui devrait empêcher les androïdes de jouir des mêmes droits que les humains ? Iran raconte à Rick la première fois qu'ils ont reçu l'organe d'humeur Penfield et qu'elle était seule dans un appartement vide : « "J'ai entendu le vide intellectuellement, je ne l'ai pas ressenti. Ma première réaction a consisté à être reconnaissante que nous puissions nous offrir un orgue d'ambiance Penfield. Mais ensuite, j'ai réalisé à quel point c'était malsain, de sentir l'absence de vie." » (P. 3)

On pourrait également considérer l'utilisation de la technologie dans cette scène d'ouverture comme une autre manière de construire le pouvoir sur les autres dans le roman, ce qui le relie à son contexte de contre-culture des années 1960. Tout comme l'empathie est utilisée comme critère pour s'assurer que les androïdes ne se considèrent pas comme des humains, les humains sont encouragés à devenir de plus en plus semblables aux androïdes. Dans les deux cas, l'expérience « authentiquement humaine » est retenue et les tensions entre l'humanité et les androïdes sont fortes. La technologie et l'empathie sont deux outils qui déforment le concept d'humanité dans le roman de Dick. Au début du Roman, les personnages sont tous très sûrs de leur statut d'humain et des distinctions entre eux et les androïdes, ainsi qu'entre eux et les chickenheads. Cependant, au fur et à mesure que les contradictions se présentent, la certitude de la place de chacun dans la San Francisco postapocalyptique de 1992 devient de plus en plus floue. Au fur et à mesure que le lecteur rencontre de plus en plus d'humains et de plus en plus d'androïdes, il devient plus difficile de distinguer les uns des autres.

POURSUITE DE LA RÉFLEXION

QUELQUES QUESTIONS À MÉDITER...

- Pensez-vous qu'il est important que le roman se déroule dans une version dystopique du monde ? Quel en est l'effet ?

- Pensez-vous que le roman constitue une mise en garde contre la technologie ? Expliquez votre réponse.

- Quelle est la différence entre les humains et les androïdes dans le roman ? Discutez de certaines des façons dont Dick brouille les frontières entre les deux.

- Quelle est l'importance de l'inclusion des personnages de la « tête de poulet » dans le roman ?

- Discutez de cette affirmation tout en réfléchissant à la signification du titre du roman : « Les androïdes rêvent-ils ? s'est demandé Rick. À l'évidence ; c'est pour cela qu'il leur arrive de tuer leurs employeurs et de s'enfuir ici. " (p. 160)

- Selon vous, qui est le personnage le moins humain du roman ? Pourquoi ?

- Discutez de la façon dont les personnages traitent les animaux dans le roman.

- Quels autres romans ou histoires pouvez-vous citer qui ont des thèmes ou des idées similaires?

- En quoi la fin du roman et celle du film *Blade Runner* diffèrent-elles? Laquelle est la plus efficace?

AUTRES LECTURES

ÉDITION DE RÉFÉRENCE

- Dick, P. (2007) *Les androïdes rêvent-ils de moutons électriques ?* Londres : Gollancz.

ÉTUDES DE RÉFÉRENCE

- Vinci, T. (2014) Posthuman Wounds : Traumatisme, vulnérabilité non-anthropocentrique et dynamique humain/androïde/animal dans "Do Androids Dream of Electric Sheep?" de Philip K. Dick. *The Journal of the Midwest Modern Language Association.* 47(2), pp. 91-112.

- Moghadam, N et Porugiv, F. (2018) Quiet Refusals : Les androïdes comme autres dans *Do Androids Dream of Electric Sheep* de Philip K. Dick? *Advances in Language and Literary Studies.* 9(3), pp. 10-18.

ADAPTATIONS

- *Blade Runner.* (1982) [Film]. Ridley Scott. Dir. USA/ Hong Kong : The Ladd Company, Shaw Brothers, Blade Runner Partnership, Warner Bros. Pictures.

- *Blade Runner 2049.* (2017) [Film]. Denis Villeneuve. Dir. USA : Alcon Entertainment, Columbia Pictures, Bud Yorkin Productions, Torridon Films, 16 :14 Entertainment, Scott Free Productions, Warner Bros. Pictures, Sony Pictures Releasing.

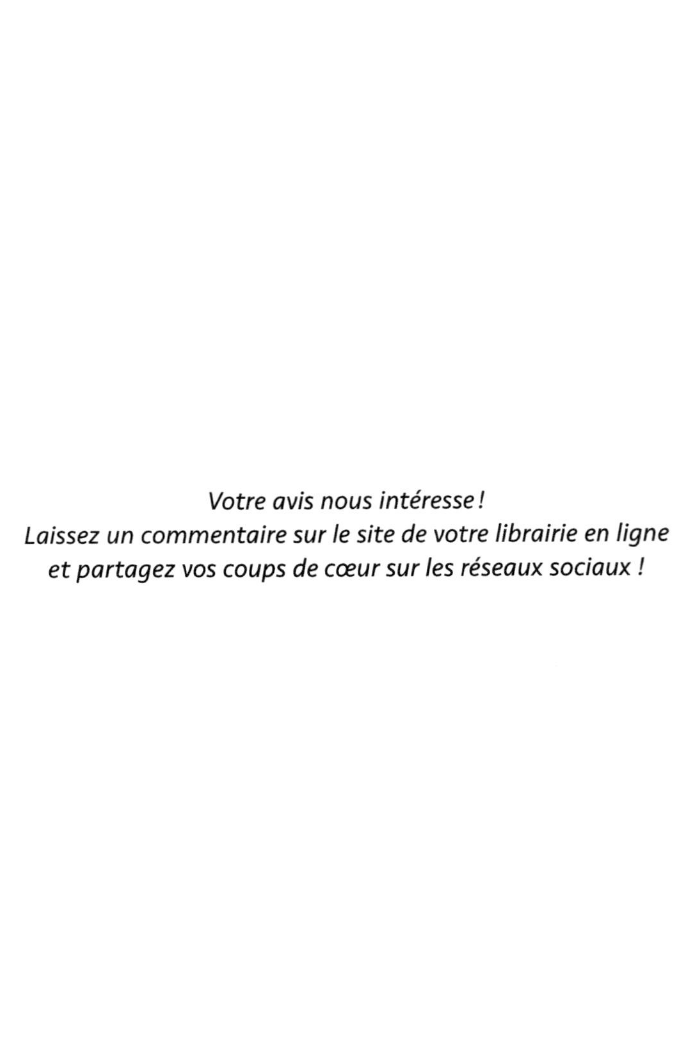

Votre avis nous intéresse !
Laissez un commentaire sur le site de votre librairie en ligne
et partagez vos coups de cœur sur les réseaux sociaux !

lePetitLittéraire.fr

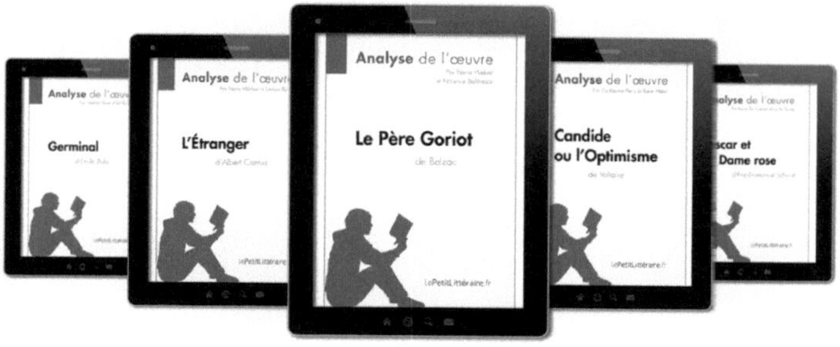

- des analyses de livres
- des fiches de lectures
- des commentaires littéraires
- des questionnaires de lecture
- des résumés

**Retrouvez
notre offre complète sur
lePetitLittéraire.fr**

ISBN version numérique : 9782808684347
ISBN version papier : 9782808685146
Dépôt légal : D/2023/12603/1014

Conception numérique : Primento,
le partenaire numérique des éditeurs.